D1722250

Barbara Haltmair

Da schau her!

rosenheimer

Inhalt

Ah, da schau her!

»Bleami herschenka«, das war nicht üblich in unseren Kreisen. Meine Mutter bekam nie welche vom Vater.

Dennoch, auf dem Stubenkasten oben lag eine Schuhschachtel. Sie gehörte meinem Bruder, dem Bergfexn. In ihrem durchlöcherten Deckel stak ein Edlweiß neben dem andern.

Wenn er ins Wirtshaus oder zum Kammerfensterln ging, steckte er sich ein paar der samtigen Sterne auf den Hut.

An mich dachte er nicht!

Aber dann hatte ich einmal in einem Haus, in einer Villa zu tun. Der Besitzer derselben erwies sich als »Kavalier der alten Schule«, er brach aus dem Rosenstock, der die Türe umrankte, eine Blüte und überreichte sie mir.

»Ah, da schau her«, hörte ich die Haushälterin im Hintergrund sagen.

Doch ich freute mich, ja, freue mich heute noch über die erste Rose meines Lebens.

Niemand mehr

»Weißt du's schon, was du einmal werden möchtst?«, haben die Leut den Buben gfragt.

Er hat's gewusst: »König!«

Die Großen haben geschmunzelt und zugleich den Kopf geschüttelt.

Aber, der Bub ist's später einmal! König!

Für die eine, die ihn liebt. Und dieselbige macht er dann zu einer Königin. Er setzt ihr eine Krone auf.

Sie spürt s' auf ihrem Kopf drobn, in ihrem Haar drinnen. Die andern sehn s' net, obwohl ein Glanz ausgeht davon.

Sie, die so reich Beschenkte, hat allweil Angst um ihre heimliche Krone, zittert, sie könnt sie verlieren.

Trotz'm ganzen Aufpassen und Obachtgeben könnt s' ihr »ihra Kini« wieder runterreißen, weil ers' für eine andere braucht.

Wenn das g'schieht, nachher ist s' keine Königin nimmer.

Nachher is s' neamd mehr!

Unser Stern

Wenn ich so z'ruckdenk an die Mannsbilder, die mir hernacheinander übern Weg g'laufn sind, dann fallt mir auch der Franze ein. »A Stodara«, ein evakuierter Münchner, ist er g'wesen und recht musikalisch.

Beim Neuwirt vorn habns' ein Klavier g'habt, auf dem hat der Franze allweil 'klimpert und dazu g'sungn:

»Man müsste Klavier spielen können, wer Klavier spielt, hat Glück bei den Frau'n!«

Wenn er das, vom Glück bei den Frau'n, g'spielt hat, nachher hat er zu mir herg'schaut. Die anderen habn g'lacht, weil ich rot wordn bin.

Die mehrern Tag' bin ich vor zum Neuwirt, aber gar z'lang hat unser Glück net g'hebt. Auf einmal war der Krieg aus und der Franze hat nach Münchn einimüssn.

In der letzten Stund, wie wir Abschied g'nommen habn, hat der Franze in den Himmel hinaufzeigt und hat g'sagt: »Siehst den Stern da obn? Zu dem schau'n wir von heut ab alle Tag' um acht Uhr auf d'Nacht nauf und denkn aneinand! Ausg'macht?«

»Ausg'macht!«

Ich hab aber dann doch net naufg'schaut, weil ich's vergessn hab. Heimlich hab ich mich hernach ein bissl g'schämt.

Ob der Franze auch einen Grund g'habt hat zum Schämen? Ich weiß's net, wir habn uns nimmer g'sehn.

Aber ich glaub schon!

Nix für ungut!

Als jungs Dirndl bin ich einmal mit'm Radl zum Tanzn g'fahrn. »Hineizua«!

D'Sonn hat g'scheint, meine Schürznbandl sind im Sommerwind g'flogn und ich hab's mir erhofft, dass ich den seh, den ich gern g'sehn hätt.

Aber ausg'macht war nix und drum ist er auch net da g'wesn. Nach einer Stund bin ich wieder heim.

Ein hellhaariger Bursch hat mich begleit' und ich war froh um ihn, weil nach so einer Enttäuschung noch allein heimtreten, das hätt ich hart verkraftet. Bloß, ein jedes Mal, wenn ich unterm Fahrn hinüberg'schaut hab dazu, hat's mir einen kleinen Stich 'geben. In Gedanken hab ich statt seiner den andern g'sehn.

Daheim nachher hab ich zu ihm g'sagt, ich könnt ihn net mit ins Haus nehmen, weil sonst der Vater schimpfen tät, und Bussl kann ich ihm auch keins gebn, ich wär ja ein anständigs Diandl.

Das hat er schon verstandn.

G'sehn hab ich ihn nimmer, meinen Lückenbüßer, aber vergessn hab ich ihn auch net ganz. Und drum sag ich heut »Dankschön« zu ihm und »Nix fi u'guat!«

Mit den Augen der Liebe

Mein Dirndl hatte sich in einen verliebt. »In den schönsten Mann der Welt!«

»Wo ist denn der schön?«, hab ich s' g'fragt. »Da musst schon hinzeign, sonst seh ich's net!«

»Mir gfallt er!«, hat s' behaupt', »allein schon die bärign Haar', wo der hat!«

»Dem seine Haar'? Dass ich net lach! Grad so wie die vom Struwwelpeter!«

Ja mei, ich war halt net verliebt drein!

Am Tatort

Ein jeder Verbrecher kommt wieder an den Tatort zurück. Jetzt, ich hab auch so ein Platzerl, das ich in Gedanken hie und da aufsuch.

Ein Baum steht dort, eine einschichtige Tann. Unter ihr bleib ich eine Weil hocken und denk dran, wie wir noch jung g'wesn sind, d'Tann und ich, und wie mir dort einer mein Herz g'raubt hat.

Es kommt also net grad der Verbrecher z'ruck, naa, aa 's Opfer!

Das Liebere

Wie ich vom Urlaub heimgekommen bin, hat mich 's Arbeitn noch net recht gfreut und drum hab ich mich im Gartn unten in mein' Liegestuhl g'legt.

Ich bin net lang drinnen g'wesn, auf einmal hat's einen Mordskracherer tan.

»Jetz is ein Trumm vom Haus eing'falln«, hab ich mir denkt. Gleich hab ich mir net nachschaun traun, weil so was siehst allweil noch früh g'nug!

Aber Ruh hat's mir doch keine lassn, ich bin dann aus'm Liegestuhl rauskraxlt und hab gschaut, was eigentlich passiert ist.

's Haus ist net eingfalln gwesn, aber meine Nachbarin ist mit'm Auto an d'Stadlbruckn hingfahrn.

»Des war ma glei liaba!«

Der Weg zum Unglück

Vor ungefähr fünfundzwanzig Jahr' sind in Warngau drüben zwei Züg' z'sammg'fahrn. Dreiundvierzig Menschen habn dran glaubn müssn. Wochenlang danach habn d'Leut noch nach dem Platz umeinanderg'sucht, wo das passiert ist.

Z'Piesenkam hat eine Frau ihr Haus nebn der Straß g'habt und die ist ein ums andere Mal g'fragt wordn: »Geht's da zum Unglück?«

Sie hat sich jedes Mal g'ärgert drüber und hat mit Fleiß einen andern Weg angebn.

Wenn dann d'Leut net hingfundn habn, dann habn s' g'meint: »Das Weibsbild hat halt den Weg zum Unglück selber net g'wusst!«

Ich aber glaub, wenn sie nach'm Weg zum Glück gfragt worden wär, nachher hätt s' ihn auch keinem zeigen können.

Auch dann net, wenn s' mögn hätt.

Du!

Wie der Sepp und die Antonie noch jung gwesn sind, hat sie zu ihm »Bärli« gsagt und er zu ihr »Blume«.

Dann sind s' einmal ins Engadin hinterg'fahrn, da gibt's zwei Dörferl, eines heißt Pontresina, das andere Celerina.

Eine Zeit lang war sie »d'Celerina«, er »da Pontresina«.

»So, ihr Kakaos«, hat ein Besuch gescherzt, wie er von den zweien zu einer Tass Kakao eingeladen worden ist. Das Paar hat nix Damischers gewusst als wie zueinander »Kakao« sagn.

Danach ist ihnen eing'falln, sie sagn »Mimo« und »Mimoli«. Die Jungen haben sich eing'mischt: »So alt und noch so kindisch!«

Jetzt sagt sie »Sepp« und er zu ihr »Du!«.

Weil er sich gestern g'weigert hat, dass er zum Haarschneidn geht, hats'n sogar verstohlns an Hanswurschtn g'heißn.

Das hätt net vorkommen dürfn!

Der sechzigste Geburtstag

Wie ich meinen Sechzger g'feiert hab, hab ich von meinem Vetter ein Buch g'schenkt kriegt. »Verblühte Rosen«, hat's gheißn.

Ein Trompeter hat mir das Lied blasn: »Es wird scho glei dumpa!«

Und meine Freundin hat für mich einen Vers gedichtet, der ist so 'nausgangen: »… bis man endlich dann erkennt, dass das Leben geht zu End. Herzlichen Glückwunsch!«

»Ein jeder Zehner gibt dir einen Renner!«, hat ein anderer gmeint.

Kann sein! Aber beim nächstn Zehner, Renner, wenn ich ihn noch erleb, können s' von mir aus bringn und blasn und dichtn, was s' mögn! I bi heidi-heida!

Der brave Bua

D'Hausfrau steht in der Speis drauß. Auf einmal tut s' einen Plärrer: »Jetzt hat der Michi den ganzn Schinkn, den wo ich heut zum Kochen braucht hätt, z'sammg'haut!«

D'Großmutter beschwichtigt: »Ja, aber er hat danach schon gfragt, ob er'n essn hat derfn!«

17

Der Herbst

Es san net die Blattl und die Gräser, die schön langsam gelb werdn, und auch net die silbrign Altweibersommerfäden, die in die Staudn drinhängn, etwas anderes zeigt es mir viel deutlicher, dass es wieder herbstelt.

's Vieh auf der Weid ist's! Das plärrt jetzt anders wie im Sommer. Lang zogn, dieweil mein' ich, es wär eine Klag dabei.

Wenn ich's hör, fallt mir das Lied ein, mit dem einer sein' Almsommer hintlasst: »Pfüad di God, du scheens Diandl, hast ma aa amoi sakrisch gfoin!«

In mir werdn nachher Erinnerungen lebendig. »Bua«, denk ich, »du mi aa! Host ma oiwei a d'Augn gstocha!«

Und jetzt?

»Jetz is's Hirgscht wordn!«

Stehen bleiben!

»Stehen bleiben, wenn alles um dich zusammenbricht! Die Welt bleibt aufrecht, solange du dir selbst nicht zu weichen erlaubst!«

Als ich diese Worte, die mir meine Lehrerin ins Poesiealbum geschrieben hatte, las, war ich enttäuscht.

Viel, viel besser gefiel mir der Vers meiner Schulfreundin: »Blaue Augen, roter Mund, liebe Betti, bleib gesund!«

Inzwischen habe ich gelernt, dass es mit blauen Augen und rotem Mund allein nicht abgetan ist, dass »steh bleibn« das Wichtigste im Leben ist.

Meine Lehrerin war halt doch die Gescheitere.

Klarsicht

»Seitdem mei rosarote Brilln hi is,
siehch i ois vial klarer!«

Kerben

Im Gasthaus Sankt Georg z'Hofgastein steht ein alter Tisch.

Ich bin erst drang'sessn an ihm. In seine Plattn sind gewiss hundert Namen hineing'schnittn. Lang hab ich s' mir betracht'.

Wie in einem Menschenherz, hab ich mir denkt. In das sind auch lauter Zeichen hineingeritzt, hineing'stochn, hineinbrennt.

Nimmer zum rausbringn. Das ganz Lebn lang nimmer!

Ein Herzl und Ringl und Buchstab nebn dem andern.

Hat bald nix mehr Platz. Höchstens noch ein Kreuzl als Schlusspunkt hinter dem Ganzen.

Noch öfter

Als kleins Dirndl hab ich einmal »Maschkara« gehn dürfn. Da ist noch eine Fotografie da. Ein rots Häuberl hab ich auf und am Arm trag ich ein Körberl, weil ich bin ja 's Rotkäppchen gwesn. Nach'm Fotografieren sind wir, meine Mama und ich, ins Cafe Waltenberger hinein.

Ah, ist's da zugangen! Eine Musik hat g'spielt, Papierschlangen und Konfetti sind durch d'Luft gflogn und ein Hanswurst hat mit seiner Pritschen zug'haut.

Meine ganze Freud ist beim Teufel gwesn, so hab ich mich g'forchtn vor ihm.

»Tanz halt auch«, hat meine Mama zu mir gsagt, aber ich bin von ihr nimmer weggangen.

Das war 's erste Mal in meinem Leben, dass ich wegn so einem damischen Hanswurschten traurig gwesn bin, aber net 's letzte Mal!

Das ist schon noch öfter vorgekommen!

So g'scheit wie zuvor

»Wennsd' ein Zuckerstückl aufs Fensterbrett hinauslegst, nachher bringt der Storch ein Kind!«

Den Schmarrn habn uns die Großn allweil vorg'sagt, wenn was Klein's unterwegs g'wesn ist.

Ich hab's schon lang nimmer 'glaubt, ich hab's gwusst, dass des Kind in der Mutter ihrm Bauch drin ist.

Bloß, wo's rauskommt, das hab ich mir net recht erklärn können.

Wie's wieder einmal so weit war, hab ich d'Hebamm gfragt.

»Wo wird's aussakemma«, hat die g'sagt, »da, wo's einikemma is, do kimmt's aussa!«

Jetzt bin ich grad so gscheit gwesn wie zuvor!

Schon komisch

»Möchtst net nochmal 's Puppnspieln anfangen, du oite Kuah, du?«

So hat meine Mutter zu mir gsagt, wie ich schon aus der Schul kommen bin und nochmal meine Puppn vorgholt hab.

Fünfzig Jahr' später hat mich eine Zeitungsschreiberin nach der Lesung in ihrem Bericht mit »alte Dame« betitelt.

Komisch, bei der Kuah hat er mir net g'raacht, aber bei der Dame!

Vom Enkel etwas

Bei mir ist d'Friseus da gwesn.

Mein Enkel schaut mich an: »Jetz habn s' di aba herg'richt, Oma! Do wenn i sechzgi waar!«

Kuh und Esel

Beim Nachbarn haben wir manchmal Blindekuh g'spielt. Der Hausvater hat auch mit'tan. Mit verbundne Augn und ausg'streckte Arm ist er in der Stubn umeinand tappt: »Wo seids'n?«

Einmal habn wir uns hinterm Christbaum versteckt g'haltn. Die blinde Kuh hat sich abg'müht, dass' durch die Äst' hindurch eines von uns derlangt.

Mittendrin ist er gflaggt, der Baum.

D'Großmutter auf'm Ofenbankerl hint tut einen Schrei: »Weilst aa du no de blind Kuah macha muaßt, du oita Esl!«

Dichtungen

»Jetz geh i as Bett,
do werd i net vozett,
do werd i net votrogn,
na kinnts mi morgn früah wieda hobn!«

Mit diesem Spruch sagte meine Mutter oft gut Nacht.
»D'Kechin vo Feeching« war auch etwas Selbstgezim-
mertes. Weil meine Schwiegermutter Juliane hieß, er-
sann ein Sommerfrischler das »Juli mit der Spuli«.
Lauter Schmarrn?

Hauptsach, es reimt sich!

Wegen dem Jackl

Z'wengs'n Roider Jackl hab ich einmal eine g'fangt.

Wie das hergangen ist?

Der Vater ist am Ofen drang'lehnt und hat sich sein' Buckl g'wärmt. Ich bin am Tisch vorn g'hockt und hab g'lesn und der Roider Jackl hat im Radio drin g'sungn.

Bei einem von seinen Gstanzln hat der Vater nicht alles verstandn, weil ich umblättert hab, und schon hab ich eine Schelln g'habt.

Jetzt tät ich halt allweil hoffn, dass, wenn ich im Radio komm, weg'n meiner auch jemand Schläg' kriegt!

Verhinderte Sportgröße

Zu meiner Zeit ist der Sport noch ganz klein g'schriebn wordn. Schon gleich auf'm Dorf!

Einmal hätt ich von jemand Rollschuh' geschenkt kriegt, aber da hat's g'heißn: »Sonst nix mehr? Zum Haxnabbrecha!«

Mit die Schi ist's das Gleiche gwesn.

Zum Schwimmen hättn s' mich auch net gehn lassn, wegn dem Dersaufen.

Durch das ist aus mir nie eine g'scheite Sportlerin wordn.

Beim Raufn war ich eine Gute!

Aber heut auch nimmer! Ich hab mir d'Hörndl schon abgstoßn!

Auferstehung

Am Karfreitag nahm mich meine Mutter mit in die Kirche zum Heilig-Grab-Schau'n. Sie putzte mich dazu fein heraus und auch sie selbst zog ihr schwarzes, am Hals mit Biesen verziertes Gewand an und setzte den flachen Hut auf.

Am Bergl begegneten wir einem Radfahrer. Wir waren schon halb unten, er halb oben. Er blieb aber dann nicht oben, sondern drehte um und fuhr den Berg noch mal herab.

Ich hatte mich von meiner Mutter entfernt, lief ihr geschwind zu und dem Burschen direkt in die Speichen. Und schon lagen wir mitten auf der Straße. Mir rannen die Tränen übers Gesicht, ihm das Blut.

Während der Radler im nächstgelegenen Hof darum bat, sich abwaschen zu dürfen, führte mich meine Mama in meinem zerrissenen Gewand heimzu.

So manches Geschehnis aus meiner Kinderzeit habe ich vergessen. Dieses nicht! Alljährlich zur Osterzeit feiert es in mir Auferstehung.

Das Schanzl

Ein Schanzl ist eine Aufgabe, eine Tätigkeit, die einem zugeschoben, zugeschanzt wird. Die einen dieser Schanzl bringen Ansehen und Geld, die anderen nur Ärger und Verdruss ein; und so eines hatte ich im Schulalter. Die Klasse beschloss dem Fräulein Lehrerin zum Christkindl eine Buttercremetorte machen zu lassen und ich durfte die Sache in die Hand nehmen.

Zuerst ging ich zum Bäcker und ließ mir sagen, wie viel Eier, Butter, Zucker, wie viel Mehl vonnöten war. Es war Kriegszeit, jedes Gramm kostbar, deswegen sollten alle Kinder etwas mitbringen für die Torte.

Am Anfang war ich stolz auf mein ehrenvolles Schanzl. Aber nicht lange. Bald bereitete es mir große Sorgen, denn die einen Schüler vergaßen darauf, etwas abzuliefern; ich mahnte, am nächsten Tag hatten sie wieder nichts dabei. Die anderen durften nichts spendieren, weil ihre Mutter dem Lehrerfräulein etwas Separates schenken wollte. Wieder welche brachten so winzige Mengen, dass sich der Zeiger der Waage kaum bewegte. Außerdem wurde gemunkelt, dass das bisher Erbrachte leicht langen müsste, »wenn net i ois selba fressn taat«. Ich erfuhr es, meine Tränen flossen. Schließlich wurde es meiner Mutter zu dumm, sie erbarmte sich und stiftete den noch fehlenden Rest.

Am Heiligen Abend konnte ich die Torte abholen. Die war hoch und reich mit Buttercreme verziert. Aber das Schönste an ihr war, dass ich mit ihr mein Schanzl wieder angebracht hatte.

Schwarzseher

Mein Bruder war wesentlich älter als ich und ein rechter Schwarzseher.

Unterm Krieg prophezeite er mir mehrmals: »Du isst koa Semmi nimma, solang dassd' lebst!«

Ich schaute ihn dann erschrocken an, denn ich zweifelte nicht an seiner Voraussage.

Aber irgendwann war der Krieg gar geworden, auf einmal gab es wieder weißes Brot, Semmeln.

Wie oft, wenn ich in eine solche beiße, wünsche ich mir, mein Bruderherz wäre noch am Leben!

»Schau her, du Schwarzseher«, taat i'n dablecka, »jetz brauchst ma bloß no sogn, wos i aufitoa soid auf mei Semmi! A Lebawurscht, an Honig, an Kaas, a Marmelad oda an Butta?«

Zu wos er ma na ratn taat?

Die falsche Wahl

Der Mann meiner großen Schwester nahm mich kleines Mädchen im Auto mit in die Stadt. Er führte mich vor die Schaufenster eines Spielzeuggeschäfts und sagte lächelnd: »Da darfst du dir jetzt etwas aussuchen!«

Von all den Herrlichkeiten begehrte mein Herz allein das Puppenbadezimmer. Es hatte eine Wanne, einen richtigen Wasserhahn dazu und einen Handtuchhalter samt Badetuch. Nicht einmal die Badevorlage und das Zahnputzglas gingen ab.

Zur Bescheidenheit erzogen, verbarg ich meinen Wunsch, zeigte auf ein aus buntem Bast geflochtenes Täschchen und bekam es.

Richtig gefreut hat mich das Erwählte nicht, aber ich weiß, daß ich nicht die Einzige bin, der es so ergangen ist, sonst gäb's nicht das Sprichwort: »Bescheidenheit ist eine Zier, doch weiter kommt man ohne ihr!«

Die weißn Strümpf'

Stockdunkl ist's g'wesn, g'schütt' hat's, wie ich von der Tanzmusi heim bin, und der Bursch, der mich begleit' hat, der hat weiße Strümpf' ang'habt.

Ein jeds Mal, wenn er in eine Drecklack hineintappt ist, nachher ist's bei ihm an'gangen: »Meine weißn Strümpf'! Was wird d'Muadda sagn, wenn s' meine Strümpf' sieht?«

Mir ist seine Jammerei schön langsam z'dumm wordn.

»Kehr lieber um!«, hab ich gsagt zu ihm.

Von da weg ist Ruh g'wesn.

Das liegt lang zurück, aber ich denk allweil wieder dran, wenn ich weiße Strümpf' seh.

Der Zungenkuss

Meine Freundin bekam einen Zungenkuss. Sie hatte ein fürchterlich schlechtes Gewissen, weil uns die Älteren vorgemacht hatten, man könne von einem solchen schon ein Kind kriegen.

Ich war mir auch nicht sicher. Einer mit recht schönen Zähnen zerstreute meine Bedenken.

Wie er mir g'schmeckt hat, der Zungenkuss, wollts wissen?

Ich sag nix! Probierts es nur selber!

Das Dorf verleugnet

Als ich noch eine Motorradbraut war, hatte ich ein weißes Motorradhäubchen, eine Motorradbrille und eine hellblaue Dreiviertelhose.

Ich selbst kam mir umwerfend damit vor, aber als ich in Holzkirchen vorm Oberbräu die Kinoplakate studierte, kam ein alter Bauer auf mich zu, musterte mich und fragte verächtlich: »Wo habns'n di auslassn?«

I hob's eahm aba net gsogt!

Unterm Krieg

Unterm Krieg hat ein jeder, der Küh' ghabt hat, Milch abliefern müssn. Er hätt net einmal so viel daheim g'haltn dürfn, wie er selber 'braucht hat. Da ist d'Regierung ganz streng gwesn und hat sogar Leut eing'setzt, die d'Milchablieferung kontrolliert habn.

Zu uns ist einmal im Monat d'Millimesserin 'kommen. An dem Tag hat mein Bruder, der Sepp, Ausgehverbot g'habt. Er hat schaun müssn, dass das Weibsbild in der Stubn herinnen bleibt, solang g'molken wird.

Mein Bruder hat seine Sach gut g'macht. Sie hat sich net sehn lassn im Stall drauß, sie ist lieber zum Sepp hing'ruckt.

Wir habn das ganze Monat Butterbrot gessn.

Wenn wir aufgekommen wären, hätten wir alle mitnander Ausgehverbot gekriegt. Z'Dachau drauß!

Wer hat in meinem Bettchen geschlafen?

Das sollen die sieben Zwerge hinter den sieben Bergen gefragt haben, nachdem Schneewittchen ihre Kissen verdrückt hatte.

Ich frage mich dasselbe, wenn ich auf Reisen bin und in einem fremden Bett schlafen muss.

War's so einer oder so einer? Das sollte man halt wissen. Oder ist es besser, es nicht zu wissen?

Viele Leute machen sich hierüber Gedanken, schleppen Teile ihres eigenen Bettes mit, zumindest die Bezüge, und beginnen ihren Urlaub damit, die Bettwäsche zu wechseln.

So schwer mache ich mir das Leben nicht. Ich stelle mir einfach vor, dass vor mir ein besonders »sauberer« Mensch darinnen gelegen ist.

So jemand wie ... ach, es ist gescheiter, ich nenne keine Namen.

Wem solches auch nichts nützt, der kann nur eines machen: daheim bleiben!

Arm und reich

Reich bist, wennsd' nix mehr arbeitn brauchst!
Wennsd' nix mehr arbeiten kannst, bist arm dran!

Die zwei Möchtegern

Bei der Versammlung ist der Vorstand aufg'standn und hat g'sagt, als ersts möcht er den Herrn Landrat begrüßn.

Nachher möcht er begrüßn den Herrn Pfarrer und den Herrn Bürgermeister. Mit Gattin.

Nach ihm ist noch einer gekommen, der hat auch g'sagt, dass er den und jenen begrüßen möchte.

Dann habn sie sich wieder hing'hockt.

Begrüßt habn s' niemand.

Vielleicht?

Wie einer von meinen Bekannten einen runden Geburtstag g'habt hat, hab ich für ihn einen Vers g'macht, der hat ihn recht g'freut.

Aber danach hat er etwas g'lesn von mir, das ihm net gar so g'falln hat, und er hat's mir vorg'worfen, dass ich lauter Schmarrn schreib.

Aber so sind d'Leut! Tust ihnen einen Gefallen, nachher ist's recht.

Eckst grad ein bisserl an bei ihnen, schon ist das Gute alls vergessen, grod no 's Schlechte werd vürazogn.

Kann man net ein wenig d'Waag haltn?

Vielleicht liest er'n? Mein' Schmarrn!

Gleich

Im Fernseher wird bei Herzblatt allweil gefragt: »Wie sieht Ihr Traummann aus?«

Nachher redn s' a Langs und a Broats.

I wissat's glei! A so wia da Nachbarin da Ihrig!

Wos Guats aa

D'Weibaleit, sagt d'Uschl, jammern oisam übas Ialta-werdn.

Dawei hot des aa sei Guats!

Boi i früahra zum Dokta ganga bi, nachat hob i mi oiwei nockat ausziahng müaßn.

Heit brauch i grod no d'Zung herzoagn!

Zum richtigen Zeitpunkt

Wie der Jung um fünf Uhr in der Früh vom Wirt heim'kommen ist, hätt er sich gleich ins Bett verzogn.

Da hat aber der Vater was dagegen g'habt: »Bürscherl«, hat er gsagt, »wenn du die ganz Nacht saufn kannst, dann kannst jetz auch den Mist hinaustun!«

Das hat sich der Bub g'merkt. 's nächst Mal ist er erst um siebne heim, wie der Alt den Mist schon draußen g'habt hat.

Preisverfall

Der Sepperl will sich, obwohl der Verein am Vortag verloren hat, das Trikot desselben kaufen.

Seine Großmutter, die einen Zehner zuschießen soll, lässt sich dazu erweichen, sagt aber: »Jetz werdn de Hadern scho obagsetzt sei, auf nacht auffi!«

Mit den Toten reden

Es gibt Leut, die behaupten, sie könnten mit den Toten reden. Können die Verstorbenen fragen, obs' heiraten solln oder obs' noch zuwarten müssn.

Wenn der Tote gut aufgelegt ist, dürfens' ihm sogar mit etwas Unwichtigerem kommen. Er sagt ihnen dann schon das Wahre.

Ich red auch dieweilen mit meiner Mutter. Aber ich krieg nie eine Antwort.

Einmal ist's umgekehrt gewesen. Da hat sie noch gelebt und hätt mit mir reden mögen. Um ein Mannsbild ist es gegangen.

Wir sind in der Stube beinander g'sessn. Sie hat mich tieftraurig ang'schaut. »Sei g'scheit, Betti«, hats' gsagt, »lass'n sausn! Der ist nix anders wie ein Sprüchmacher!«

Auf das hin bin ich aufgestandn und bin bei der Tür dahinaus. Ich hab net mit mir redn lassn.

Und jetzt ist sie diejenige, die sich ausschweigt.

In Abwinkl hinten

Ein Auto fahrt ganz langsam auf der Straß daher, biegt z' Wiessee drin ab und hebt schließlich neben dem Söllbach staad. Ein Mannsbild steigt aus und geht Abwinkl zu.

Nach etlichen Schritten schaut er sich nochmal um.

Akkurat da, wo jetzt sein Auto steht, ist vor langer Zeit immer sein Radl g'standn, wenn er auf d'Nacht seinen Schatz aufg'sucht hat.

Es ist der gleiche Weg, dem er heut nachgeht, ein Trumm weit, bis er neuerdings stehn bleibt.

In dem Haus da vorn, dortmals is's noch ein Bauernhof g'wesn, hats' g'lebt, hat auf ihn g'wart, 's Wabä.

Ja, er weiß noch alls, als wie wenn's gestern g'wesn wär. 's Licht in ihrer Kammer ist aus'gangen und 's Gartntürl auf. Bis zum Kirschbaum hin ist sie ihm entgegeng'laufn.

Er hat seine Füß' übern Stangnzaun »g'schlengt« und schon ist er bei ihr g'wesn.

Es war eine heiße Lieb, aber es ist nix wordn draus. Jedes war am End mit jemand andern verheirat'.

Ein halbs Jahrhundert ist's her, dass er nimmer um dies Haus herumg'schlichn ist, ein einzigs Mal noch möcht er's tun.

Aber wie er in d'Näh kommt, geht kein heimlichs Lichtl aus, im Gegenteil, ein Haufen Punktstrahler gehn an!

Und Gartentürl tut sich auch keins auf, am ganzen Haus rasseln d'Rollo herunter.

Bevor er sein Auto derlangt, ist schon d'Polizei da. Was er bei dem Haus hinbei z' suchn hätt, habns'n gfragt.

Er beutelt sein' Kopf: »Nix mehr!«

Nach'm Unfall

In der Kreuzung ist eine Autofahrerin mit einem Polizeifahrzeug z'sammg'rennt.

Am nächstn Tag ist in der Zeitung gstandn: »Vierundsiebzigjährige rammte Streifenwagen.«

Über das hat sie sich richtig g'ärgert, weil sie ist ja erst dreiundsiebzig g'wesn.

Aber mein Gott, bei so was, da schaust schnell ein Jahr älter her!

's Mirakl

»Wie lang wird'n die Lesung hergehn?«, hat mich mein Mann g'fragt, wie er mich vorm Wirtshaus aussteign hat lassen.

»Das kann ich net genau sagn!«

»Rufst halt an, wann man dich holn muss!«

Dasselbige hätt ich auch getan, aber 's Telefon daheim ist allweil belegt g'wesn. G'wiss eine Stund lang hab ich's probiert, es war nix zum machen.

Ich wollt ein Taxi anrufn, aber da hat sich einer meiner erbarmt und hat sich antragn, dass er mich heimbringt.

Denjenign hat's nachher noch gschmissn beim Einsteign.

Der soll sich grad noch d'Haxen brochn habn, wegn meiner.

Daheim bin ich gleich ans Telefon hin und tatsächlich war's so, wie ich's mir denkt g'habt hab. Der Hörer ist nebn dem Apparat g'legn.

Bis daher ist alls zum derdenkn g'wesn, aber jetzt ist's gespenstisch wordn. Keiner hat's getan g'habt. Niemand!

Der eine ist dem Telefon net einmal in d'Näh kommen, das andere ist gar net da g'wesn. Und wie ich so was behauptn mag von ihnen?

Also muss sich der Hörer von selbst danebn hing'legt haben!

Wenn das kein Mirakl ist!

Das Schwarze Kreuz

D'Holzknecht' und d'Jager hab ich allerweil vom Schwarzn Kreuz, vom Schwarzn See, von der Grünen Marter und vom Haberermarterl redn hörn, nachher hat mich doch einmal d'Neugierd packt.

»Herrschaftszeiten«, hab ich zu meiner Familie g'sagt, »jetzt sind wir schon z'Österreich, in der Schweiz, z'Italien, z'Frankreich und z'Spanien gwesn, aber 's Schwarze Kreuz kennen wir net, das was wir vor der Nasn dahabn!«

»Das wird schon zum findn sein«, hat jemand g'meint.

Von da weg sind wir jeden Sonntag im Wald drauß umeinander glaufn und habn's g'sucht. Gfunden net.

Bis's uns dann einmal ein Ortskundiger 'zeigt hat.

's Marterl, bei dem sich früher d'Haberfeldtreiber troffn habn, den Schwarzn See, 's Schwarze Kreuz und die Grün Marter.

Die vier Sachn sind im Zeller Wald obn, und wer sich net fürcht' mit meiner, den führ ich heut noch hinauf!

Dorfgeschichtliches

Zwischen Warngau und Thannseidl steht nah am Wegrand ein Marterl. Ich hab schon oft vor ihm verweilt.

Ein Mann ist darauf dargestellt, er liegt auf dem Waldboden, seine Rechte umkrampft einen Hackenstiel, die Linke greift zum Herzen. Auf der blutenden Stirne wuchtet ein Ast. Darunter ist zu lesen: »Hier an dieser Stelle verunglückte Josef Gollhofer, gewesener Hutt von Großhartpenning, am 17. Oktober 1797.«

Wer mag, so fragte ich mich, früherszeiten im Dorf so geheißen haben? War der Verunglückte ein Holzknecht? Oder ein Bauer? Hat er ein »Sach« gehabt?

Zweihundert Jahre sind eine beträchtliche Zeitspanne. In ihr kommen und gehen nicht nur Generationen, es erlöschen auch Hofnamen.

Jetzt erzählte mir der Heiß, der Neuwirt von Hartpenning, dass dieser Josef Gollhofer sein Vorgänger war.

Der Gasthof in der Dorfmitte, gleich neben der Kirche, ist dortmals noch ein Bauernhof gewesen. Der Hutt.

Ein Steinkreuz am Wegrain erinnert daran.

Unvergessen

Wenn man älter wird, wird man vergesslich.

Was hab ich als Schuldiandl net alles auswendig können! D'Glocke, den Erlkönig, Dionys, der zum Tyrannen schlich ...

Alles vergessen!

Aber: Eni, beni, supra heni, dive, dave, domine, ecca brocca kasi nocka, zinka, zanka drauß! Das hab ich mir g'merkt!

Bairisch gredt

Bei einem Spaziergang durch ein fremds Dorf bin ich auf einen Pflanzgarten g'stoßn.

D'Bäurin hat grad drin g'arbeit' und ihr Büberl hat mitg'holfn.

Ich hab die Mordstrümmer Salat- und Krautköpf' bewundert und hätt wissen mögn: »Was habts denn ihr da für eine Erdn drin?«

Der Kleine hat mir's gsagt: »A Kout!«

Wia lang?

Jetzt hat einmal einer den Dorfschreibern ein Essen spendiert. Dazu ist er aufg'standn und hat g'sagt, dass er allesamt freihält und er hofft, dass niemand was dagegen hat.

Auf das hin hab ich ihm eine Brezn hing'hebt und hab g'meint, er soll anziehn.

Ich wollt ihm damit grad zeig'n, dass ich mich freu und ihm dankn möcht.

Er hat aber net mittun mögn und hat g'sagt, er müsst später noch was anders essn. Schon hab ich mein' Korb g'habt.

Mir hat er recht g'stunkn und ich hab's mir wieder einmal vorg'nommen, dass ich von jetz ab mit niemand mehr freundlich bin.

Bin g'spannt, wie lang ich's aushalt?

Als Ersts

Jetzt, ich tisch mein' B'such als Ersts allweil an Kas auf.

»Käse schließt den Magen!«

Der letzte Tag hat d'Müh

's Jahr geht so schnell herum, aber der letzte Tag davon, der zieht sich hin.

»Was tu ich jetzt noch?«, fragt der Mann nach'm Mittagessen.

»Nix mehr«, sagt sie, »was möchtst'n heut noch alls anfangen?«

Also wird aufs Nachtessen gewartet. Das geht um sieben an und ist um halb neun gar.

»Was jetzt?«

Den Fernseher aufreibn? Aber da ist auch nix außer einer Ansprach von einem Politiker und dem Jahresrückblick.

»Weil mich das auch noch interessiert, was g'wesn ist! Reib'n ab!«

Er tut's: »Wie viel Uhr ist's schon?«

»Zehne!«

»Was, zehne erst? Das sind ja noch zwei Stund' bis zwölfe!«

»Ja! Und?«

»Nachher tu einmal was z'trinkn her!«

»Was'n?«

»Ein Bier halt, oder einen Wein, einen Sekt!«

»Trink lieber Kaffee, sonst schlafst mir noch ein! Hast ja so schon 's Mäu aufg'rissn!«

»Ich geh gleich ins Bett auch!«

»Freilich, jetzt, wo wir schon so lang herg'wart habn, jetzt taatst du ins Bett gehn!«

»Es wird nimmer zwölfe!«

»Grad schlagt's es! Prost!«

»Prost! Pfeilgrad habn ma's noch derlebt!«

Sein erster Vorsatz im neuen Jahr: »'s nachste Silvester bleib ich nimmer auf, das weißt schon!«

Wia de oan an Ausflug gmacht habn

Wo meina Familie habn oa an Sinn g'habt, dass' an Auflug an' Chiemsee obe machan.

Zu mi hot neamd wos gsogt, dass i aa mitfahrn soid.

Jetzt hot's mi natürli g'freit, wia's a dem Tog, wo s' g'fahrn san, recht pritscht hot.

Aba kaam sans' furt gwen, is d'Sunn aussakemma und a blaua Himme.

»Scheißwedda!«

Gesichtspunkte

»Ich versteh dich net«, kritisiert einer seinen Nachbarn, »dass du dein neu's Haus so hin'baut hast, dass'
zur Straß hinschaut. Wenn du's umdreht gmacht
hättst, nachher könntst in d'Berg einischaun!«

»Ja, freilich«, sagt der andere, »aber auf der Straß
fahrt all daumenlang wer anderer vorbei und d'Berg
san allweil die gleichn!«

Koa Wunder net!

»Koa Wunda«, hot d'Großmuadda gsogt, »dass da
Fernseha de ganz Zeit hi is, wenn oi Tog so vial Leit
einigaffn!«

Bitter

Unterm ganzn Backen hat d'Mutter studiert, wo s' heuer die Büchs mit den Weihnachtsplatzerl verstecken könnt. So versteckn, dass' d'Kinder und der Mann net findn.

Weil ihr kein Platz sicher genug vorkommen ist, ists' unleidig wordn und hat die Blechschachtel mit den Anıslaiberln, den Schokoladbrezln und Spitzbubn einfach in d'Speiskammer 'nausgstellt.

»Von mir aus«, hat sie sich denkt, »fressns' alls z'samm, nachher habns' halt auf Weihnachten nix mehr.«

Eine Woch ist herumgangen, es hat nix g'fehlt. Nach der zweiten Woch auch noch net.

Sie hat's schon g'spannt, dass' überall gsucht hättn nach dem gebackenen Zeug, aber auf das, dass' gar net versteckt g'wesn ist, auf das sinds' net 'kommen.

»Diesmal hast sie aber gut verräumt ghabt«, hat die Familie z'Weihnachten g'meint. Nachher hättns' noch wissen wollen, wo.

Hätts grad d'Augn aufmachen brauchn«, hat d'Mutter g'lacht, »sind ja brettlbreit draußg'standn in der Speis!«

Bald hätten ihnen die Guatl nimmer g'schmeckt.

Freilich, es ist schon bitter, wenn man's weiß, dass man grad den Arm ausstreckn, bloß d'Hand zudrückn hätt brauchn und man hätt's ghabt, das, was man sucht. Guatl. Oder 's Glück!

Und man hat's net tan.

Hint eini

»Da Krama, d'Kramerin« im Dorf hatten keine genauen Ladenschlusszeiten. War »voun zua«, ging die Kundschaft »hint eini«.

Und ob es jetzt Mittag war oder auf d'Nacht, oder Sonntag, die Kramerin gab, wenn auch nicht gerade hellauf begeistert, das Benötigte heraus.

Sogar am Heiligen Abend, wenn schon überall die Lichter brannten, holten die Leute bei ihr noch das vergessene Engelshaar.

Diese Kramerinnen werden rar. Immer mehr schließen ihre Fensterläden. Der Hartpenninger Kramer schlug sie jetzt auch zu.

Was das bedeutet, erfuhr ich letzten Samstag. Fünf Minuten nach zwölf stand ich in Holzkirchen vor einem Laden und begehrte Einlass. Vergebens.

Die Kassenkraft hinter der Glastüre lächelte mich unnachgiebig an. Ließ mich weder »voun« noch »hint eini«.

Ließ mich ungerührt vor ihrer Türe stehen und an die gute, alte Kramerin von früher denken.

's Problem

D'Bichlerin hat die ganz Zeit die neue Kapelln mit Blumenschmuck versorgt. Jetzt hats' der Pfarrer eingladn, sie soll zum Kaffeetrinkn kommen. Und ihre zwei Kinder darfs' auch mitnehmen.

Ist dir das eine Ehr g'wesn! Auf'm Tisch ist ein weißes Damasttuch g'legn und silberne Löfferl und Gaberl.

Aber der Kuchen war ein Kirschkuchen und die Bichlerin samt ihren Dirndln hat net g'wusst, wohin mit den Kernen. Daheim hättn sies' halt auf d'Tischplattn g'legt, Häuserl baut damit, aber da beim Herrn Pfarrer!

Die Jungen haben allweil zu der Alten hinüberg'lurt, was die tut. Der Pfarrherr selber hat nix 'gessn, der hat grad den anderen zug'schaut.

Zuerst hat d'Bichlerin ihre Kern' alle hintern Backen hintergschobn und nachher, wie keiner mehr Platz g'habt hat, verstohlen in d'Hand neigspien. Von da aus sans' im Kittlsack drin verschwundn. D'Dirndln habn's der Mutter gleichtan. So ist das Problem gelöst g'wesn.

Bloß, was wird sich der Herr Pfarrer denkt habn, wo die Kern hin'kommen san?

Das fragen sich d'Bichlerin und ihre Dirndln heut noch manchmal.

Dreißig Sekunden noch

Weil auf der Haustürstaffl ein Lackerl Wasser aus-g'schütt' g'wesn ist, bin ich ausg'rutscht und hab mir d'Achsl verrissen.

Ah, hat das weh'tan! So schon! Nach etliche Tag' hab ich net einmal noch einen Suppnhafn auf'm Tisch abstelln können, vor lauter G'starratsein.

Jemand hat mir einen ganz einen guten Sportarzt verratn. Der ist mit einer langen Nadl daherkommen.

»Wir müssen da durch«, hat er g'sagt und hat auf meine Schulter hindeut'.

Wie er's halb drinnen g'habt hat, das Marterinstru-ment, wollt ich wissen, wie lang's noch hergeht.

»Dreißig Sekunden noch«, hat er g'meint.

Mir sind die Zähren übers G'sicht g'laufn.

G'holfn hat die ganz Schinderei nix, aber ich hab's jetzt g'wusst, wie lang dass eine halberte Minutn ist.

Ein Amerikaner in München

»Bitte geben Sie mir eine Pampelmuse!«, sagte ein Amerikaner zu der Standlfrau auf dem Viktualienmarkt. Mühsam hatte er sich den Satz aus dem Wörterbuch zusammengeklaubt.

»Was möchtn S'?«

»Eine Pampelmuse!«

»Hab i net!«

Der Ami deutete daraufhin mit dem Finger auf das Gewünschte.

»Ah so, Sie moanan a Grapefruit!«

Hast mi?

Es sind nicht wenige, die in fast jeden Satz, den sie von sich geben, ein »Vostehst mi?« oder »Host mi?« einflechten.

Andere, besonders Ausdrucksstarke untermalen ihre Reden gleich gar mit dem Götz-Zitat.

Aber die ganzen »Vostehst mi« und »Leck mi« sind mir noch lieber wie diejenigen, die hundertmal »effektiv« oder »relativ« sagen, denn die möchten sich bloß recht gescheit machen.

Host mi?

Ein tapfer Gemüth

Vor Jahrzehnten kam ein reich verziertes Glas in meinen Besitz. Seine Gravur zeigt auf der Stirnseite einen wehrhaften, die Tatzen erhebenden Löwen. Drehe ich es, lese ich den Spruch: »Ein tapfer Gemüth wird in allen Dingen erfordert.«

Oft stand ich vor dem schimmernden Kelch. Soll ich oder soll ich nicht?

»Tu's!«, sagte die Inschrift. »Wenn du dabei unglücklich wirst, dann musst du dir nicht vorwerfen es aus Feigheit geworden zu sein!«

Meine Jüngste wünscht sich die Kostbarkeit von mir, möchte sie in ihren Wandkasten stellen. Ich trenne mich nicht leicht davon. Aber: »Ein tapfer Gemüth wird in allen Dingen erfordert.«

D'Zeit ist da

Lichtmess zu haben auf der Sonnenseitn drüben, beim Wandbaum herbei, ein paar grüne Trieb' aus'm Erdreich rausg'spitzt.

Beim Tag zehn Grad Kältn, eisige Nächt'! Und trotzdem traut sich schon ein Schneeglöckerl hervor.

Is'n d'Zeit scho do?

Wie ich mich das gefragt hab, ist's mir auf einmal klar wordn, was für eine Macht die Zeit über die Natur und auch über unser Leben hat.

Wir kommen auf d'Welt, wenn d'Zeit dazu da ist, und gehn wieder, sobald unsere Zeit aus ist. Wir »segnen das Zeitliche«.

Zeit ist alles! Sie lässt d'Bäum' blühn, 's Obst zeitig werdn, sie macht auch uns »zeiti« für d'Sehnsucht nach einem andern Menschn, nach Kinder, nach'm Weiterlebn. Und sogar nach'm Heimgang.

Da braucht man sich doch net wundern drüber, wenns' beizeiten ein weiß's Glöckerl herauslockt!

Sei' Zeit ist da!

Vergangenheits-Pläne

»Ich tät nimmer heiratn«, hat eine beim Klassentreffen g'sagt.

»Jo«, eine andere, »heiratn schon wieder, aber nimmer nebenbei in d'Arbeit laufn! Ich schauet mir um eine Frühstückspension! Was meinst, da tät's mir 's Geld grad so schnein!«

»Ah«, hab ich mich eing'mischt, »da müsstest ja wieder die ganz Zeit auf'm Stüahlä steh! Naa, da tät ich ganz was anders. Ich tät jedn Pfenning z'sammkratzn und Grund kaufen. Ein Fuchzgerl hat der Quadratmeter gleich nach'm Krieg 'kost!«

Die ganzen Pläne wärn ja alle net zum Verwerfn, bloß, ein bissl spät dran sind wir halt damit.

Auf ois habns' was g'wisst

Wenn ich als Kind g'jammert hab, dass mir der Kopf wehtut, nachher habn die Großn kein Mitleid net zeigt, höchstens dass' g'sagt habn: »A so a Kopf muaß ja wehtoa!«

Hab ich zahnt, weil ich mich in d'Zung neibissn hab, dann bin ich erst recht ausg'lacht wordn: »Des san de dümmstn Hund, de si selm beißn!«

Und wann ich mir beim Z'sammfalln d'Knie aufg'schlagn hab, habns' gar net hing'schaut: »Des vogeht scho wieder, bisd' heiratst!«

Mit dem habns' sogar Recht g'habt: »Boisd' heiratst, vogeht da zwar net ois, aba des mehra scho!«

Z'Hartpenning

A Hartpenninga hot sein' Hausgartn g'maaht. Na is a Fremda vobeiganga.

»Grüaß di!«, hot da Hartpenninga g'sogt.

Da anda: »Hei!«

Da Hartpenninga hot mit an Büschl Gros sei Saas o'gwischt. »Naa, naa, is scho a Groamat!«

Der Wunsch, den viel habn

»Ich möcht nochmal jung sein und das wissen, was ich heut weiß!«

Das hör ich oft sagn. Und hab mir's selber gewünscht.

Aber wär man dann noch jung? Könntn wir noch so lachn, wie wir als ein Junger g'lacht habn? Tät man net die ganze Zeit hin und her denkn und überlegn? Sinniern, so, wie wir's jetzt tun?

Wärn wir net hinterm Geld her? Täten uns Sorgen machen, wie's weitergeht?

Also, ich glaub, dass' gut ist, wenn man in den jungen Jahren net gar z'viel weiß.

Sonst wären wir jung schon alt.

Es glangt jetzt aa no!

Sorgen

Wer keine Sorgen hat, macht sich welche.

Ich hatte oder machte mir die ersten Sorgen ganz früh schon. Der Herr Lehrer ließ von ein paar Erstklässlerinnen ein Spiel aufführen. Eine durfte eine Hagebutte machen, ich ein Zwerglein. Die Hagebutte stand rot angezogen, still und stumm, auf der Bühne, der Zwerg sprang um sie herum und fragte singend: »Sagt, wer mag das Männlein sein, das da steht im Wald allein, mit dem purpurroten Mäntelein?«

Der Text machte mir keine Sorgen, aber das Zwergenkostüm. Ich hatte Angst, die Pantoffeln könnten in der Farbe nicht zu der Mütze passen. Ich konnte gar nicht mehr schlafen!

Nach dieser Sorge kam die nächste, die übernächste. Manchmal gleich zwei auf einmal!

Wenn es mir rundherum gut ging, machte ich mir Sorgen, ob es so bliebe.

Sorgen begleiten uns durchs Leben. Sie verpatzen uns Geburtstage, Ferien, Feste, tauchen über Nacht auf und bleiben auf unbestimmte Zeit. Sie verhelfen uns zu grauen Haaren und machen krank.

Ein Gutes aber haben sie! Sie bleiben treu. Treu bis ins Grab!

Festivitäten

Das ganze Jahr über werden jetzt Feste abgehalten.

Dem Dorffest folgt das Seefest, dem Bierfest das Weinfest.

Althergebracht ist das Sonnwendfest, neu das Schupfenfest, noch neuer das Garagenfest.

Das Straßenfest findet auf der Straße statt, das Waldfest im Wald, das Bergfest oben auf dem Berg.

Und überall herrscht Jubel, Trubel, Heiterkeit.

Allen Festen voran geht das Schlachtfest. Ich glaube es aber nicht, dass alle an diesem Fest Beteiligten gar so fröhlich dabei sind.

Vom Tod

Bei allem, was du denkst und tust,
bedenke, dass du sterben musst!

Eine nahe Anverwandte hatte mir den Vers in mein Poesiealbum geschrieben. Mir konnte er nicht gar so gut gefallen, welches Schuldirndl denkt schon ans Sterben?

Jetzt denk ich schon hie und da dran und auch an die Leut, die ich gekannt hab und die's nimmer gibt.

Dann seh ich den Kaspar, das Trumm Mannsbild, wieder auf der Wirtshausbank hocken und hör ihn seine Almlieder singen.

Der Sepp steht daneben, er sagt das Gedicht her von dem »Trampe«, der den Butterwecken mit'm »Kampe« verunziert.

Der Uhrmacher von Tegernsee lacht und zwinkert mir zu.

Das ist aber grad eine Hand voll von denen allsamt, die gehen haben müssen. In Wirklichkeit sind's noch viel mehr!

Kommt mich deswegen 's Fürchtn an?

Woher denn! Wenn's die andern ausgehalten haben, nachher werd's schon ich auch überlebn!

Es kommt alls an seinen Platz

Auf dem Weg zur Kirche sah meine Mutter an einem Strick Wäsche flattern und sagte zu ihrer Begleitung: »Weiß g'waschn und schwarz aufg'hängt!«

Wenige Tage später war die Besitzerin der schwarzen Wäsch »informiert«.

Seitdem schärfte es mir meine Mutter immer wieder ein: »Sag ja über niemanden was, es wird alls hin-'tragn. Es kommt alls an den Platz!«

Eine andere Dorfbewohnerin bekam in einem ähnlichen Fall einen dreckigen Stallbesen zugeschickt, mit der Bitte, damit vor der eigenen Tür zu kehren.

Ich hab mir das gemerkt und sag deshalb über meine Mitmenschen nur, oder fast nur, Erfreuliches, in der Hoffnung, dass das »aa an' Platz kimmt«.

Und jetzt ...

Oft finde ich beim Herumstöbern nach Antiquitäten auf den Speichern alte Fotografien. Zerknittert liegen sie im Staub.

Das tut mir in die Seel hinein weh.

Ich muss daran denken, dass der Mensch, auf dessen Bild jetzt achtlos herumgestiegen wird, den Moment des Ablichtens einmal sehr wichtig genommen hat.

Vielleicht wollte er seine Fotografie dem Schatz schenken, vielleicht stellte er sich an seinem Geburtstag dem Fotografen? Die Paare taten es am schönsten Tag ihres Lebens, am Hochzeitstag. Und jetzt ...

Dann hebe ich das Bild vom Boden auf, wisch den Staub von ihm und lege es an einen gesicherten Ort.

Damit bitte ich still um Verzeihung.

D'Abendschau

Der Loisl und ich gehen auf d'Nacht allweil spaziern. Da schau'n wir zu, wie d'Sonn 'nuntergeht, oder betrachtn den Mond und d'Stern'.

Manchmal geht ein Sturmwind, der jagt d'Wolkn übern Himmel, lasst d'Blattl fliegn und die Äst' an den Fichten zischn. Schsch! Angst könntst kriegn!

Ein anders Mal regnet's, da spannen wir dann unsern Schirm auf und »lusn auf das staade Rauschn umadum«.

Seltn, dass uns jemand begegnet. D'Leut sitzn fast alle vorm Fernseher.

D'Abendschau wenn so wenig ang'schaut werdn tät wia der Abnd selbst, nachher tät sie sich aufhören.

Unserm Herrgott ist das gleich, ob sein Programm jemand mag oder net, er ist auf keine Einschaltquoten net ang'wiesn.

Gott sei Dank net!

Es

Es ist net zum glaubn, was mir heut wieder passiert ist! Ich stell mein' Korb hinters Auto, steig ein und fahr z'ruck.

»Jessas, der Korb! Der is hi!«

Haltn, raus, schaun! Zweimal muss ich schaun, weil der Korb hängt mit'm Henkl an der Anhängvorrichtung dran und baumelt da umeinander.

Wie's sein kann? Da könnt eines tausendmal z'ruckfahrn, nachher brächt's das Kunststückl net z'samm.

Aber wenn es mag, geht alles! Wenn es net mag, gar nix!

Bloß, wer ist das Es?

Wenn man damit 's große Los g'winnt, dann heißt man's Glück. Unglück, wenn es einen dahin führt, wo man unter d'Wägn kommt. Wir können's Schicksal nennen, Fügung, Zufall.

Es hat kein' Namen net, aber ein G'schick, das sogar so etwas fertig bringt wie das mit'm Korb.

Und es bringt noch viel mehr z'weg! Wie g'sagt, wenn's mag!

Warum lacht jetzt die?

Es ist schon eine Zeit lang her, aber ich seh s' heut noch, das junge Dirndl, durchs Dorf durchgehn.

Ein wenig glacht hats'.

Zwei ältere Frauen habn ihr zug'schaut und eine hat gsagt: »Warum wird jetz die lachn?«

»Wird schon an ihrn Loder denkn!«, hat die andere g'meint.

Bei dem ist's geblieben.

Heut weiß ich's, dass es nicht allein d'Lieb ist, die einen lachen lasst. Man kann auch aus Verzweiflung lachen oder weil man jemanden täuschen möcht.

Oder selber enttäuscht ist.

Ich bin jetzt einmal von einer Gesellschaft davon und hab heim und heim glacht.

Warum, sag i net!

Des werd do net aa no sei'?

Vo de sechs Wirtshäusa, de früahra umman Marktplatz ummag'standn san, is nimma vial übri bliebn.

Aus oan is a griechischs Restaurant wordn und aus drei Bankan.

's Milliladl am Eck is jetz a »Jeans Alm«.

D'Metzgerei is eiganga, do vokaafns' »Geschenke«, beim Huatara »Toys for Kids«.

Und do, wosd' z'erscht amoi 's Begleisn richtn lossn host kinna, do konnst heit Millionär werdn, Lotto spialn.

Des Oanzige, wo übalebt hot, is d'Kirch.

Aba wer woaß, wia lang dass' hergeht, na is s' a Moschee?

Das beste Mittel

I hab a ganz a guats Mittl geg'n Vogesslichkeit!

Boi i an Keller drunt steh und es fallt mir nimmer ein, was i eigentli holn hätt mögn, na brauch i grod de zwoarazwanzg Staffl wiada aufisteign. Scho woaß i's!

»*Großmuadda!*«

Der Bub fragt seine Großmutter: »Du, wia hat'n der Großvadda g'sagt, dort, beim Heiratn?«

»Wia werd er g'sagt habn? Denk halt selber nach!«

Der Kleine tut's und schon weiß er's: »Großmuadda, werd er g'sagt haben, derf i di heiratn?«

Familiär

Wie ich neulich zu einer Lesung eingeladen worden bin, habns' mich g'fragt, ob ich ein Mikrofon brauch.

»Ja«, hab ich g'sagt, »ein solches brauch ich schon!«

Meine Familie hat das Gespräch mitg'hört und g'meint: »Auswärts müssts' einen Verstärker habn, daheim wär ein Schalldämpfer notwendig!«

Blesst

Dort, wie der Haglsturm einen Haufen Holz g'rissn hat, warn bei uns umeinander keine Holzknecht' mehr zum auftreibn.

Mein Bruder hat nachher welche herbracht. Vom Isarwinkl hinten, drei san's g'wesn und einer davon war aber schon so sauber, ich hab'n allweil anschaun müssn und wegn dem Edlweiß, das er am Hut drobn ghabt hat, hab ich'n heimlich Edlweißkönig g'heißn.

Ja mei, ich bin dort noch a Diandl gwesn.

Später hab ich dann seine Frau, für mich d'Edlweißkönigin, kennen glernt. Ich hab's ihr eingstandn, dass mir ihr Mann so gut gfalln hat, und ich bin auch noch einen Schritt weiter 'gangen und habs' gfragt, wie eigentlich ihre Hochzeitsnacht verlaufen ist.

»Blesst habn wir gleich einmal, wie wir ins Bett kommen san!«

»Blesst sagt man bei enk?«

»Ja, g'weint halt, weil wir uns den ganzn Tag über unser Verwandtschaft ärgern habn müssn!«

»Ach so!«

Werbung

D'Unterbräu-Brauerei hat einen Preis für den besten Werbespruch ausgesetzt ghabt. Ich hab auch mitgmacht und hab gschriebn:

Wenn deine Mutter gibt keine Milch,
dann trink halt Unterbräu, du Knilch!

Mir hat mein Sprücherl g'falln, aber beim Unterbräu habn s' g'sagt, man kann doch net kleine Kinder, seine zukünftigen Kunden, einen Knilch heißen.

Also hab ich mir etwas anderes ausdenkt: Ich hab ein Fassl 'zeichnet, auf dem »Unterbräu« droben steht.

Trinkst du dein Bier aus diesem Banzen,
kriegst du niemals keinen Ranzen!

Das hat ihnen aber auch net 'passt, weil's ein Preiß net versteht, was mit »Ranzen« g'meint ist. Und man möcht ja 's Bier hinaufzu auch verkaufn.

Ich bin jetzt schon ein bissl verstimmt gwesn, wahrscheinlich ist mir desweng nix Lustigs nimmer in den Sinn gekommen:

Trink Unterbräu und sei kein Frosch,
sagte er, eh' sein Blick erlosch.

Ich darf aufhörn mit meine Werbespots, habns' g'sagt.

»Des hätt i a so to! De soin do eahnan Plempe selbn saufn!«

72

G'schaut

Von unserer Reise zurückgekehrt wurden wir von den Daheimgebliebenen nach unseren Erlebnissen gefragt.

»Wie war nachher 's Fliegn? Seids am Fenster g'sessn?«

»Naa, den Fensterplatz hat ein jungs Madl ghabt. Und das hat von Madrid bis Münchn kein einzigs Mal 'nuntergschaut. Sie hat nix anders z'tun ghabt wie ihre Haar' anschaun. Ein Mal ums ander Mal hats' einen Büschl in d'Hand gnommen, hat jeds einzelne Haarl untersucht und danach ihre Fingernägl angschaut. Das ist zweieinhalb Stund' so dahin'gangen. D'Haar' ang'schaut, d'Nägl ang'schaut ...«

»Und ehs, was habts ehs 'tan?«

»Mi habn sie ang'schaut!«

Märsche

Der Hansl und der Bertl, Geschwisterkinder, erlernten gleichzeitig ein Blasinstrument.

Nachdem es die zwei so weit gebracht hatten, dass sie dem Opa einen »Marsch blasen« konnten, wurde der dazu eingeladen.

Es klang schauerlich, aber der Großvater strich den Buben trotzdem lobend über ihre Scheitel: »Wia hot'n des Stückl ghoaßn?« Zugleich lugte er auf die Notenständer der beiden.

Der Hans hatte den Ferbeliner Reitermarsch, der Engelbert den Tölzer Schützenmarsch gespielt.

Zur Hochzeit

Ein' langen Vers hersagn
vor so viel Leut?
Das trau ich mir net zu,
hab z'wenig Schneid.

Drum bring ich Blumerl mit,
ich gebs' dem Mann,
damit ers' seiner Frau
an' Weg streun kann.

Weil so ein Blumenweg,
ich weiß es g'wiss,
der führt euch pfeilgrad hin
zum Paradies!

Ja, so ein Blumenweg,
der wär das Best!
Er hilft euch d'Lieb bewahrn,
von jetzt bis z'letzt!

Z'erst Du! Nachher Er!

Zuerst hab ich allweil Angst ghabt vor Ihm.
Unbarmherzig ist Er mir vorkommen und kalt!
Hab gar net gern denkt an Ihn.
Aber dann hast mich Du stehn lassn!
Hast nix mehr hörn lassn,
bist nimmer kommen.
Seitdem fürcht ich den andern nimmer,
im Gegenteil, ich freu mich drauf,
wenn Er kommt und sagt: »Geh weita!«
Ja, ich freu mich auf den Tag!
Irgendeine Freud muss der Mensch habn,
und wenn's die aufn Tod ist!
Z'erst bist es Du gwesn,
auf den ich mich gfreut hab,
jetzt ist's Er!

Das Gedicht hab ich g'schriebn, wie ich einmal unglücklich verliebt g'wesn bin.

Gleich drauf bin ich krank wordn. Wissts, wie schnell ich den Doktor holn hab lassn!

Irgendwie

Mein Bruder musste als junger Bursch eine Kuh aus ihrem Stall zu einem neuen Herrn weisen.

Unterwegs versuchte sie ihm zu entkommen. Schnell schlang er den Strick, an dem er sie führte, um einen Baum.

In der Pressantigkeit geriet sein Daumen zwischen Seil und Stamm, er verlor ihn.

Mein Bruder gehörte nicht zu den großen Erzählern, deshalb weiß ich nicht, wie das Ganze weitergegangen ist.

Aber letztlich hatte er eine formschöne Hand und war außerdem ein fescher Bursch, das ließ über den verkürzten Finger hinwegsehen. Er kam auch noch zum Heiraten, allerdings später, aber das lag nicht am Daumen!

Eigentlich will ich mit dem bloß sagen, dass es immer weitergeht, ganz gleich, was passiert.

Irgendwie geht's weiter, mit oder ohne Fingerspitzl, diesem oder jenem.

Vorm Einschlafen

Wenn ich nachts nicht schlafen kann, fang ich an nachzudenken. Ich kann mich zurückerinnern, wie ich zwei Jahre alt war. Da lebte meine Großmutter noch, sie hatte einen wehen Fuß und mir war es strengstens verboten an ihn hinzukommen.

Was war lustiger, als es doch zu tun? Mit meinen Schnürstiefelchen versuchte ich nach ihm zu treten. Die Großmutter rettete sich aufs Kanapee und ich machte die größten Anstrengungen, auch hinaufzugelangen. Da erschien meine Mutter und verdrosch mich.

Dann weiß ich noch genau, wie meine Schlafanzüge ausgeschaut haben. Sie waren von glänzendem Stoff und hatten vorne an der Knopfleiste einen Kordelverschluss, ähnlich wie die Husarenuniformen. Innen waren sie angerauht, das durften sie sein, denn ich setzte mich in der Frühe oben auf die Stiege und wartete darauf, hinuntergetragen zu werden. Ja, ich war schon ein rechter Fratz!

Längst vergangene Weihnachten fallen mir ein, eine Silvesternacht. Der Vater, die Mutter und ich blinzelten ins Licht, weil auf einmal einen Haufen Leute in der Schlafkammer standen. Sie hatten alle Sektgläser in der Hand, meine große Schwester war wohl frisiert und trug ein gleißendes Kleid: »Prosit Neujahr!«

Meistens werde ich müde bei meinem Sinnieren, wenn nicht, tröste ich mich: »Du kannst später noch Millionen Jahre schlafen!«

Aus der Traum

»Mein Gott, hab ich heut Nacht einen Schmarrn träumt, der lasst sich gar nimmer erzähln«, seufzt die Dirn.

»Erzähl's nur!«, muntert sie die Bäuerin auf.

»Ich bin vor unserer Tür g'standn und einen Haufn Küh' san ums Haus herumg'sprungen und habn mich ein ums andere Mal überrennt. Wie ich dann auf-g'wacht bin, hab ich mich gar nimmer rührn 'traut, so starr war ich vor lauters Angst. Ich hab eine Zeit lang 'braucht, bis ich das begriffn hab, dass ich bloß 'träumt hab!«

»Ja, die Träum' kenn ich«, bestätigt die Bäuerin, »du möchtst laufn und kommst nicht vom Fleck. Das ist was Schlimms!«

»Älabätsch, ich hab vom Christkindl 'träumt«, frohlockt das Kind.

»Mittn im Sommer träumst du vom Christkindl?«, wundert sich die Mutter.

»Und ich war heut Nacht wieder jung«, gesteht der Bauer. »Als lediger Bursch bin ich durch eine Land-schaft 'kommen, so schön gibt's sie in Wirklichkeit gar net. Der Wald war dicht und grün, die Bäch' hell und klar und 's Wild ganz zahm!«

»Dafür hab ich vom Sterbn träumt«, unterbricht ihn das Ahndl. »Im Friedhof drin bin ich umeinander gangen und hab mit die Totn g'redt. Ich habs' gfragt, wie's in der Grubn drin ist. Da muss' doch kalt und dunkl sein, hab ich g'meint. Nachher habns' mir zur Antwort gebn, dass alls anders ist, wie man meint.«

»Wie nachher?«, interessiert sich die Bäuerin.

»›Da wird nix ausg'redt‹, habns' g'sagt. Und dann bin ich aufg'wacht!«

Trostreich

Jetzt bin ich einmal wegen meiner Schreiberei ang'redt wordn: »Wie geht's dir denn mit deine Bücherl? Da muss doch was hängen bleibn?«

»Das hab ich zuerst auch allweil g'meint«, hab ich gesagt. »Aber des ist net so! 's Papier kostet was, der Buchdrucker möcht einen Haufn Geld, der Buchbinder, der Buchhandel ... Für den, der 's Buch g'schriebn hat, für den bleibt nix mehr übrig! Wirst es sehn, mittendrin bin i verhungert!«

Der andere grinst: »Aber berühmt!«

© 1998 Rosenheimer Verlagshaus GmbH & Co. KG,
Rosenheim

Titelbild und Vignette: Sebastian Schrank, München
Satz: Buch-Werkstatt GmbH, Bad Aibling
Druck und Bindung: Wiener Verlag, Himberg
Printed in Austria

ISBN 3-475-52927-0